フサちゃんの教科書

石川久美子・文
田代千津子・絵

一、いなか

「和也《かずや》も浩平《こうへい》も、大きくなったなあ」

前《まえ》の日《ひ》に来《き》ていたフサばあちゃんは、そう言《い》ってむかえてくれました。八《はち》月十五日《がつじゅうごにち》のお盆《ぼん》には、毎年親類《まいとししんるい》の人々《ひとびと》が、栃木《とちぎ》の本家《ほんけ》（中心《ちゅうしん》になる家《いえ》）にあつまることになっているのです。

父《とう》さんは、フサばあちゃんの長男《ちょうなん》です。和也《かずや》は六年《ろくねん》、浩平《こうへい》は四年《よねん》になっていました。仏《ほとけ》さまにお線香《せんこう》をあげてお祈《いの》りをすますと、二人《ふたり》はさっそくお不《ふ》動《どう》さまにでかけました。

山《やま》にかこまれた町《まち》は、五十段以上《ごじゅうだんいじょう》もある急《きゅう》な石段《いしだん》を上ったお不動《ふどう》さまから見《み》ると、その下《した》を流《なが》れる川《かわ》や、一面《いちめん》の緑《みどり》にいろどられた田《た》んぼが、すみきった空気《くうき》の中《なか》に見《み》わたせるのです。

「ああ、おいしい空気《くうき》だなあ」

和也《かずや》が、しんこきゅうをしていいました。

「お兄《にい》ちゃんが、あの川《かわ》で、よくハヤを釣《つ》ったよねえ。あの魚《さかな》、ちっちゃいくせに、早《はや》く泳《およ》ぐんだもの、なかなか、えさに食いつかないんだ」

浩平《こうへい》が、言《い》いました。

お不動《ふどう》さまの小さな社《やしろ》には、ドラ（きんぞくで出来ている丸い楽器《がっき》）のような鐘《かね》がつるしてあり、赤《あか》と白《しろ》の太《ふと》い組《くみ》ひもが下《さ》がっています。ひもの丸《まる》いむすびめは、ちょうど鐘《かね》の真《ま》ん中《なか》にあって、ひもをうまく当《あ》てると大《おお》きな音《おと》がひびきわたるのです。

ボオーン
浩平《こうへい》が、ひもをうまくたるませて、鐘《かね》を打《う》ちました。鐘《かね》の音《ね》は、向《む》こうの山《やま》にこだましてひびきわたりました。

「うまいなあ」

和也《かずや》は感心《かんしん》しました。何度《なんど》ついても浩平《こうへい》のほうが、いい音《おと》を出《だ》すのです。

「あれ、見《み》てごらんよ」

和也《かずや》が指《ゆび》さしました。まだ鐘《かね》の音《ね》が小《ち》さくひびいているとき、今《いま》までだれもいなかったあぜ道《みち》（田《た》と田のあいだの道《みち》）に歩《ある》いてくる人《ひと》が見《み》えました。

近《ちか》づいてくるにつれて、その人《ひと》のようすが見《み》えてきます。

「子《こ》どもだ。変《へん》な着物《きもの》きているよ」

浩平《こうへい》が手《て》すりから身《み》をのりだして言《い》いました。

「ほんとうだ、女《おんな》の子《こ》だ」

でも、着《き》ているものは、かすりの着物《きもの》らしいのですが、腰《こし》から下がふっくりとしたズボンをはいています。おまけに肩《かた》までたれた頭巾《ずきん》をかぶっているのです。

その子《こ》は、どうもいなかの家《いえ》の方《ほう》へ向《むか》かっているように思《おも》えます。

「行《い》ってみよう」

二人《ふたり》は長《なが》い階段《かいだん》をかけおりていきました。

「あれ、どこに行《い》ったんだろう」

浩平《こうへい》は、目《め》をこすりました。

「どこにも、いないよ」

女《おんな》の子《こ》は、どうしたのでしょう。それっきり見《み》えなくなってしまいました。

二、蔵《くら》

「もういいかい」

「まあだだよ」

お盆《ぼん》には、ご先祖《せんぞ》さまが帰ってくるのだそうです。和也《かずや》と浩平《こうへい》にとっては、ご先祖《せんぞ》さまなんてどうでもいいことなんです。蔵《くら》の中《なか》でかくれんぼです。

大《おお》きな蔵《くら》の中《なか》は、ひんやりとして薄暗《うすぐら》く、天井《てんじょう》は張《は》ってありません。まるで山小屋《やまごや》みたいです。床《ゆか》のない地面《じめん》にはこう運機《うんき》だの精米機《せいまいき》だのが置《お》いてあります。

「もういいかいったら、もういいかい」

蔵《くら》の外《そと》から浩平《こうへい》の声《こえ》がします。和也《かずや》はあわてて、かくれるところをさがしました。

「まあだだよ」

蔵《くら》の北《きた》がわに重《おも》そうな木《き》の引《ひ》き戸《ど》があります。そこには一度《いちど》も入《はい》ったことがありませんでした。いつもかぎがかかっているからです。和也《かずや》はその引《ひ》き戸《ど》にすきまがあることに気《き》がつきました。かぎをかけ忘《わす》れたのでしょう。

「ううん、よいしょ」

戸《と》は、鉄《てつ》のようにずっしりと重《おも》いので、やっと中《なか》にすべりこみました。薄《うす》暗《ぐら》いなかに階段《かいだん》が見《み》えます。光《ひかり》は、壁《かべ》の上《うえ》についている小窓《こまど》からもれているだけです。和也《かずや》は音《おと》がしないように気《き》をつけて階段《かいだん》を上《のぼ》りました。

中《なか》にはお客《きゃく》さま用の布団《ふとん》や、母屋《おもや》（家族《かぞく》が住《す》んでいるところ）で使《つか》っていた、古《ふる》いタンスなどがしまってありました。せまくて歩《ある》くのもやっとです。

「ここにかくれよう」

それは人間一人《にんげんひとり》がはいれるような、大《おお》きい箱《はこ》でした。ふたを開《あ》けると、かびくさい臭《にお》いがしました。急《いそ》いでそこに入《はい》るとふたを閉《し》めました。

「どこにかくれたのかな」

浩平《こうへい》が階段《かいだん》を上《のぼ》ってきます。和也《かずや》は息《いき》をころしていました。戸《と》だなの後《うし》ろをのぞいたり、布団《ふとん》をめくったりしているようです。

「暗《くら》くて、どこにいるか分《わ》からないなあ」

浩平《こうへい》が大《おお》きな声《こえ》で言《い》いました。

「お兄《にい》ちゃあん」

和也《かずや》が返事《へんじ》をしないでいると、浩平《こうへい》は階段《かいだん》を下《お》りていってしまいました。

「しょうがないなあ、ここにいるのに」

和也《かずや》はぶつぶつ言《い》いながら、箱《はこ》から出《で》ようとしました。

「あれ、どうしたんだろう。開《あ》かないぞ」

和也《かずや》はあわてました。出来《でき》るかぎりの力《ちから》をこめて、ふたを持《も》ち上《あ》げようとしましたが、びくともしません。なにかが上《うえ》にのっているような気《き》がします。

中《なか》は真《ま》っ暗《くら》ですし、和也《かずや》はひどく不安《ふあん》になりました。

（このまま出《で》られなかったらどうしよう。）冷《ひ》や汗《あせ》が出《で》てきました。おばあちゃあんと叫《さけ》ぼうとしたとき、

「あたしよ。わかるでしょ」

と言《い》うかすかな声《こえ》がしました。和《かず》也《や》は体《からだ》がこわばり、息《いき》がとまりそうになりました。そのとき和《かず》也《や》の頭《あたま》の中《なか》に、お不動《ふどう》さまで見《み》た、女《おんな》の子《こ》のすがたがうかびました。

三、真《ま》っ黒《くろ》い教科書《きょうかしょ》

「おばあちゃん、ここでお兄《にい》ちゃんいなくなったんだよ」

浩平《こうへい》の声です。和也《かずや》はほっとしました。

「お蔵《くら》の中《なか》にいるんだろうがね。和也《かずや》、出《で》てきなよ」

フサばあちゃんが、呼《よ》んでいます。

「ここ、この箱《はこ》に入《はい》っているんだよ。助《たす》けて！」

和也《かずや》は、しゃがれ声《ごえ》で言《い》いました。

「なんだ、ながもちんなけね」（ながもち→着物《きもの》などをいれて運《はこ》ぶ箱《はこ》。長方形《ちょうほうけい》で人《ひと》がねられる）

フサばあちゃんは、ふたを開《あ》けました。

「なんで出《で》て来《こ》なかったんだ」

「おばあちゃん、この箱《はこ》にはお化《ば》けがでるんだ」

和也《かずや》の胸《むね》は、まだドキドキしていました。

「ふたが開《あ》かなかったんだ。なにか、ふたの上《うえ》にのっていたような気《き》がする。

そして、だれかの声《こえ》がしたんだ」

「何《なに》をばかなこと言《い》ってるんだか」

フサばあちゃんはあきれた顔《かお》をしました。

外《そと》はまぶしい！

和也《かずや》は夏《なつ》の強《つよ》い光《ひかり》で、しばらく目《め》があけられませんでした。

「お兄《にい》ちゃん、なに持《も》ってきたの？」

「あれ？　いつのまにか」

浩平《こうへい》の言《い》うとおり、和也《かずや》は一冊《いっさつ》の本《ほん》をかかえていました。本《ほん》は、薄茶色《うすちゃいろ》の表紙《ひょうし》に《初等科《しょとうか》国語《こくご》八《はち》》と書《か》いてありました。

「ああ、これはばあちゃんが国民学校六年《こくみんがっこうろくねん》のときに使《つか》った教科書《きょうかしょ》だよ」

「国民学校《こくみんがっこう》って？」

「今《いま》の小学校《しょうがっこう》のことだがね」

和也《かずや》は、教科書《きょうかしょ》を開《ひら》きました。

「わあ、真《ま》っ黒《くろ》だ」

「ばあちゃんが、墨《すみ》をぬったからさ」

「なんで墨《すみ》なんかぬったの？」

「それは、ひとくちでは言《い》えないほど長《なが》い話《はなし》だよ。それよりもうお昼《ひる》だから、食《た》べてからにしな」

フサばあちゃんは、浩平《こうへい》がソバが好《す》きなのをよく知《し》っています。おばあちゃんは手打《てう》ちソバの名人《めいじん》です。

「わあい、お兄《にい》ちゃん食《た》べにいこうよ」

「ぼくは、お赤飯《せきはん》の方がいいな」

和也《かずや》は、忘《わす》れずに本《ほん》をかかえて母屋《おもや》に走りました。お盆《ぼん》さまのときは、そのほかに採《と》りたての野菜《やさい》が、テーブルの上《うえ》に、いく皿《さら》も並《なら》びます。東京《とうきょう》で買《か》う野菜《やさい》とは新《あた》しさがちがうから、とてもおいしいのです。

ふたりがテーブルについた時《とき》、本家《ほんけ》のおじちゃんと、親戚《しんせき》の人《ひと》たち、それに父《とう》さんがビールを飲《の》んでいました。ヨシおばちゃんは、煮物《にもの》を運《はこ》んだり、ソバの汁《しる》をかえたり忙《いそが》しそうでした。

フサばあちゃんは里芋《さといも》の煮《に》ころがしを、山盛《やまも》りにつんだ皿《さら》を運《はこ》んできました。

お盆《ぼん》さまの飾《かざ》りの前《まえ》には、おだんごとか果物《くだもの》とか、お供物《そなえもの》がそなえてあります。

「お蔵《くら》で、何《なに》してたんだ」

おじいちゃんが、頭《あたま》をつるりとなでて聞《き》きました。

「ながもちの中《なか》から出《で》られなくなっちゃったんだ」

和也《かずや》は、またこわくなりました。

「お兄《にい》ちゃんね、教科書《きょうかしょ》を持《も》って来《き》ちゃったんだよ。中《なか》が真《ま》っ黒《くろ》なんだ」

浩平《こうへい》が、教科書《きょうかしょ》を見《み》せました。

「ああ、この教科書《きょうかしょ》はね。ちょっと貸《か》してみな」

おじいちゃんは、ページをめくりながら言《い》いました。

「フサばあちゃんが、国民学校六年生《こくみんがっこうろくねんせい》の時《とき》の教科書《きょうかしょ》だな。学校《がっこう》で墨《すみ》をぬったんだよ」

「うん、おばあちゃんが言っていた。でもどうして墨《すみ》なんてぬったの。これじゃ読《よ》めないよ」

和也《かずや》には、学校《がっこう》で墨《すみ》をぬるなんて考《かんが》えられません。

「じいちゃんが少《すこ》し読《よ》んであげよう。《海行《うみゆ》かば水《みず》づくかばね、山行《やまゆ》かば草《くさ》むすかばね。大君《おおきみ》の、辺《へ》にこそ死《し》なめ、かえりみはせじ》」（かばね→死人《しにん》のか

らだ)

和也《かずや》は、身《み》をのりだして聞《き》きました。

「おじいちゃん、どうして読《よ》めるの? こんなに真《ま》っ黒《くろ》なのに」

「うん、もう何十年《なんじゅうねん》も前《まえ》に墨《すみ》をぬったから、墨《すみ》もうすくなっているからだべ。それにこのうたは、万葉集《まんようしゅう》(日本《にほん》でいちばん古《ふる》い歌集《かしゅう》)の大伴家持《おおともやかもち》という人《ひと》の歌《うた》で、戦争中《せんそうちゅう》はよく歌《うた》ったもんだがね」

「ずいぶんむずかしい歌《うた》なのに。むかしの子《こ》どもは、頭《あたま》がよかったのかなあ」

浩平《こうへい》は、おソバを食《た》べながら言《い》いました。

お昼《ひる》がすむと、和也《かずや》と浩平《こうへい》はフサばあちゃんの手《て》を、引《ひ》っぱって、いちばん東《ひがし》がわの座敷《ざしき》に行《い》きました。

となりの客間《きゃくま》の壁《かべ》には、亡《な》くなった人々《ひとびと》の写真《しゃしん》がかざってあります。

「おばあちゃん、約束《やくそく》だよ。教科書《きょうかしょ》にどうして墨《すみ》をぬったの?」

「お話《はな》しして」

座敷《ざしき》からは、低《ひく》い山々《やまやま》が連《つら》なって見《み》えています。夏《なつ》でも涼《すず》しい風《かぜ》が、吹《ふ》き込《こ》んで来《き》ます。

「それじゃ、昔《むかし》の話《はなし》をすべえかね」

四、（おばあちゃんの話）神様《かみさま》の国《くに》

ばあちゃんが小学校《しょうがっこう》にはいったのは、今《いま》から六十年《ろくじゅうねん》いじょう前《まえ》のことだ。その年《とし》は、神様《かみさま》が日本《にほん》の国《くに》をつくって初《はじ》めての天皇《てんのう》が位《くらい》についてから二千六百年《にせんろっぴゃくねん》にあたるというので、国中《くにじゅう》がお祝《いわ》いの行事《ぎょうじ》でにぎやかだったこと。

ばあちゃんも、図工室《ずこうしつ》で白《しろ》い紙《かみ》に赤《あか》い丸《まる》をぬって日《ひ》の丸《まる》にした。それを竹《たけ》の棒《ぼう》につけて村《むら》じゅうが、部落《ぶらく》ごとに行進《こうしん》したんだよ。

二年生《にねんせい》になると、小学校《しょうがっこう》は国民《こくみん》学校と呼《よ》ばれるようになった。子《こ》どもたちは少国民《しょうこくみん》だがね。日本中《にほんじゅう》の小学校《しょうがっこう》の教科書《きょうかしょ》が変《か》わったんだがね。

ばあちゃんは、『ヨイコドモ』をおせえてもらった。一《いち》、二年《にねん》はカタカナから教《おそ》わったんだ。その中《なか》に、（サイケイレイ）というのがあった。ばあちゃんは今《いま》でもおぼえているよ。

――テンチョウセツデス。ミンナ　ギョウギヨク　ナラビマシタ。シキガハジマリマシタ。テンノウヘイカ　コウゴウヘイカノ　オシャシンニムカッテ、サイケイレイヲ　シマシタ。「君ガ代《きみがよ》」ヲ　ウタイマシタ。コウチョウ先生《せんせい》ガ　チョクゴヲ　オヨミニナリマシタ。私《わたし》タチハ、ホントウニ　アリガタイト思《おも》イマシタ。

なぜおぼえているかって？　それはね、今《いま》はみどりの日《ひ》といっているけれど、昔《むかし》は四月二十九日《しがつにじゅうくにち》は《てんちょうせつ（昭和天皇《しょうわてんのう》のたんじょうび）》といった。

そういう日《ひ》は学校《がっこう》で式《しき》があった。登校《とうこう》のとちゅうのどこの家《いえ》の入《い》り口《ぐち》にも、日《ひ》の丸《まる》のはたが立《た》ててある。

その式《しき》のとき、ばあちゃんはひでえめにあったんだ。

式《しき》が始《はじ》まってしばらくすると、ひどく気持《きも》ちが悪《わる》くなってきた。式《しき》のあいだは、きおつけをしたまますちょっとでも動《うご》いてはいけなかった。

ばあちゃんは、がまんした。冷《ひ》や汗《あせ》がながれた。それでもがまんしたがね。そのうちに、あたりがかすんできたと思《おも》ったら、地面《じめん》にたおれちまったらしい。急《きゅう》に、ほっぺたを続《つづ》けて五《ご》、六回《ろっかい》ひっぱたかれて気《き》がついた。ばあちゃんは、ふらふらしながら立《た》ちあがった。

「少国民《しょうこくみん》のたましいが、はいっとらん」

先生《せんせい》に、きつく叱《しか》られた。

式《しき》が終《お》わって、やっと昇降口《しょうこうぐち》までたどりついて、またたおれちまった。保《ほ》健室《けんしつ》にねかされて、かあちゃんがむかえにきた。うちに帰《かえ》ったら、四十度《よんじゅうど》ちかい熱《ねつ》をだしていた。おたふくかぜだった。それから一週間《いっしゅうかん》、なにも食《く》えなかった。だから、おぼえているんだがね。

その年《とし》の十二月八日《じゅうにがつようか》に戦争《せんそう》が始《はじ》まった。その戦争《せんそう》を太平洋戦争《たいへいようせんそう》というんだ。

五、（おばあちゃんの話）戦争《せんそう》

ばあちゃんが五年生《ごねんせい》になるころには、アメリカの飛行機《ひこうき》が毎日《まいにち》のように日《に》本《ほん》の都市《とし》に飛《と》んでくるようになったのさ。そして、たくさんの爆弾《ばくだん》や焼《しょう》い弾《だん》を落《お》として行《い》ったそうだ。それを空《くう》しゅうというんだがね。

東京《とうきょう》に大空《だいくう》しゅうがあったときは、木造《もくぞう》の家《いえ》はほとんど焼《や》きつくされて、十万人以上《じゅうまんにんいじょう》の人《ひと》が死《し》んだそうだよ。こんな田舎《いなか》でもアメリカの飛行機《ひこうき》がとんできてたんだから。

それでも《日本《にほん》は戦争《せんそう》に勝《か》つ》と思《おも》ってたよ。いよいよとなれば神風《かみかぜ》（神《かみ》様《さま》がおこす風《かぜ》）がふくと言《い》われていた。今考《いまかんが》えると、そんなこと、あるはずもないんだが。

一九四五年四月には沖縄《おきなわ》にアメリカ軍《ぐん》が上陸《じょうりく》して、二十万人《にじゅうまんにん》もの人《ひと》が死《し》んだ。そして沖縄《おきなわ》は占領《せんりょう》されたんだがね。いまでも基地《きち》がたくさんあるのは、そのためだがね。

夏《なつ》がきて、アメリカは八月六日に広島《ひろしま》、九日に長崎《ながさき》に、げんし爆弾《ばくだん》を落《お》とした。広島《ひろしま》の一発《いっぱつ》で二十万人以上《にじゅうまんにんいじょう》の人《ひと》が死《し》に、長崎《ながさき》では十二万人《じゅうにまんにん》もの人《ひと》が死《し》んだ。

そのうちの半分《はんぶん》は年よりや子どもだったそうだ。その爆弾《ばくだん》のために、今《いま》でも白血病《はっけつびょう》で苦《くる》しんでる人《ひと》がいるんだよ。

それでも、日本《にほん》は戦争《せんそう》をやめなかった。

それから一週間《いっしゅうかん》もたたないうちに

「天皇陛下《てんのうへいか》の玉音放送《ぎょくおんほうそう》がある。（天皇《てんのう》の声《こえ》を玉音《ぎょくおん》といった）」

という知《し》らせが町中《まちじゅう》にながされた。ばあちゃんは、天皇陛下《てんのうへいか》の姿《すがた》を見《み》たこともないし、声《こえ》を聞《き》いたこともなかった。学校《がっこう》の庭《にわ》に、写真《しゃしん》と《教育《きょういく》ちょくご》（天皇《てんのう》の言葉《ことば》）がしまわれている《ほうあんでん》があった。

てんちょうせつなどの式《しき》の時《とき》、校長先生《こうちょうせんせい》がうやうやしくそれを取《と》り出《だ》して読《よ》むのを聞《き》いているだけだったからね。でも教育《きょういく》ちょくごは今《いま》でも暗記《あんき》しているよ。

（天皇陛下《てんのうへいか》は神様《かみさま》なんだもの、ふつうの言葉《ことば》では話《はな》さないだろうね。チンオモウニ〈私《わたし》が思《おも》いますには〉って話《はな》すのかな。）ばあちゃんはそう思《おも》ってたよ。

みんなラジオのある教室《きょうしつ》に集《あつ》まった。放送《ほうそう》は、よけいな音《おと》がひびいて、声《こえ》は大《おお》きくなったり小《ちい》さくなったりした。

「たえがたきをたえ、しのびがたきをしのび……」

放送《ほうそう》が終《お》わった。でも、天皇《てんのう》が何《なに》を話《はな》したのか、分《わ》からなかった。

「日本《にほん》は、戦争《せんそう》に負《ま》けたんだよ」

先生《せんせい》がおせえてくれた。

「うそ、うそだがね?」

「どうして神風《かみかぜ》が吹《ふ》かなかったんだべ」

一九四五年八月十五日のことだった。そう今日《きょう》がちょうど終戦記念日《しゅうせんきねんび》なんだよ。

戦争《せんそう》に負《ま》けてから、学校《がっこう》では、勉強《べんきょう》をしないで教科書《きょうかしょ》に墨《すみ》をぬるばっかりだった。

修身《しゅうしん》、日本歴史《にほんれきし》、地理《ちり》の三《みっ》つの教科書《きょうかしょ》は集《あつ》められて二度と返《かえ》してもらえなかった。修身《しゅうしん》というのは今の道徳《どうとく》のようなものさ。初《はじ》めのページには教育《きょういく》ちょくごがのっていた。

国語《こくご》の教科書《きょうかしょ》では、アジアにあるダバオやマライ半島《はんとう》、シンガポールを占《せん》領《りょう》したことなどに墨《すみ》をぬった。天皇《てんのう》は、神様《かみさま》ではなかった。そして日本《にほん》は神《かみ》

の国《くに》でもなかった。国《くに》のために死《し》ぬのはりっぱなことではなかった。それなのに、この戦争《せんそう》でどれだけの人《ひと》が死《し》んだか分《わ》からない。今《いま》でも骨《ほね》も見《み》つからない人《ひと》がたくさんいるのだから。

ばあちゃんは、何《なに》も信《しん》じられなくなってしまったよ。

「教科書《きょうかしょ》に書《か》いてあることは、正《ただ》しいことです」

と、おせえてくれていた同《おな》じ先生《せんせい》が、

「ここはまちがっています。墨《すみ》をぬりましょう」

と、言《い》うんだから。

教育《きょういく》ちょくごがおぼえられないと、廊下《ろうか》に立《た》たせたり、おしおきのために、ひっぱたいたりした先生《せんせい》なのに。

ばあちゃんは思《おも》った。これからは自分《じぶん》が本当《ほんとう》のことだと思《おも》うまで聞《き》き、間《ま》違《ちが》いないと分《わ》かるまで考《かんが》えようと。そう思《おも》いながら、ばあちゃんは力《ちから》をこめて墨《すみ》をすった。指《ゆび》まで真《ま》っ黒《くろ》くなったよ。

六、あたらしい憲法《けんぽう》のはなし

ボーン、ボーン

と、時計《とけい》が鳴《な》りました。古《ふる》い大《おお》きな振《ふ》り子《こ》のついた柱時計《はしらどけい》です。

「戦争《せんそう》に負《ま》けて、日本《にほん》はどうなったの？」

浩平《こうへい》が聞《き》きました。

「しばらくは、食《た》べるものも着《き》るものも、住《す》むところさえない人《ひと》が町《まち》にたくさんあふれて、大変《たいへん》だった。親《おや》のない子《こ》どもは十二万人《じゅうにまんにん》いじょういたそうだがね」

「学校《がっこう》はどうなったの」

和也《かずや》が、いちばん気《き》にかかることです。

「天皇《てんのう》は神様《かみさま》ではなく人間《にんげん》になった。そして、国民学校《こくみんがっこう》はもとの小学校《しょうがっこう》になった。ばあちゃんは女学校《じょがっこう》にいったんだが、二年生《にねんせい》になったとき中学校《ちゅうがっこう》になっ

戦争の放棄
平和憲法

た。男子《だんし》も女子《じょし》も平等《びょうどう》だがね」

おばあちゃんは、話《はな》し続《つづ》けました。

「その年《とし》の五月《ごがつ》、『あたらしい憲法《けんぽう》のはなし』を習《なら》ったんだよ。きっとあの長《なが》持《も》ちの中《なか》にあると思《おも》うよ」

「長持《ながも》ちの中《なか》に？」

和也《かずや》は、蔵《くら》の中《なか》には入《はい》りたくありません。こわいのです。

「おばあちゃん、それってなあに」

浩平《こうへい》が聞《き》きました。

「ちょっとむずかしいと思《おも》うけれど、自由《じゆう》と平等《びょうどう》のことや、もう絶対《ぜったい》に戦争《せんそう》をしないということがやさしく書《か》いてある憲法《けんぽう》なんだがね」

「おばあちゃん、探《さが》してみよう。ぼく見《み》てみたい」

浩平《こうへい》は、おばあちゃんにせがみました。

「いいよ、見《み》なくても」

和也《かずや》はどうしても行《い》きたくありません。でも浩平《こうへい》に手《て》をひっぱられて、とうとう蔵《くら》の中《なか》にはいることになってしまいました。

でも、和也《かずや》がこわがっていたような声《こえ》は聞《き》こえませんでした。蔵《くら》の中《なか》は静《しず》まり返《かえ》っていました。『あたらしい憲法《けんぽう》のはなし』はすぐ見《み》つかりました。

第九条《だいきゅうじょう》《戦争《せんそう》の放棄《ほうき》》の中心《ちゅうしん》には、

『……こんどの憲法《けんぽう》では、日本《にほん》の国《くに》が、けっして二度《にどと》と戦争《せんそう》をしないように、二《ふた》つのことをきめました。その一《ひと》つは、兵隊《へいたい》も軍艦《ぐんかん》も飛行機《ひこうき》も、およそ戦争《せんそう》をするためのものは、いっさいもたないということです。……』

と、書《か》いてありました。

「世界《せかい》で初《はじ》めての、平和憲法《へいわけんぽう》なんだよ」

おばあちゃんが言《い》いました。

七、女の子

夕《ゆう》やみが、あたりをつつみはじめました。もう日《ひ》が暮《く》れるのです。

「たいした長話《ながばなし》になってしまったよ」

おばあちゃんは腰《こし》をたたきながら、立《た》ち上《あ》がりました。その夜《よる》は田舎《いなか》に泊《とま》りました。和也《かずや》は、こうふんしていました。枕元《まくらもと》に墨《すみ》ぬり教科書《きょうかしょ》を置《お》いて寝《ね》たせいか、なかなか寝つかれませんでした。浩平《こうへい》も、何回《なんかい》も寝返《ねがえ》りをしているようです。

急《きゅう》に障子《しょうじ》が明《あか》るくなって、子《こ》どもの影《かげ》がうつりました。和也《かずや》は薄《うす》がけの中《なか》にもぐりこみました。浩平《こうへい》も薄《うす》がけをかぶりました。目《め》がさめていたんだな、と和也《かずや》は思《おも》いました。

障子《しょうじ》が音《おと》もなくあいて、その子《こ》が入《はい》って来《き》たようです。

「だれだよ、君《きみ》は」

「あたしよ。わかるでしょ」

ながもちの中《なか》で聞《き》いた声《こえ》です。

「教科書《きょうかしょ》に墨《すみ》をぬることになった日《ひ》、あたしは、墨《すみ》をぬらなかったの。それを言《い》いたくてきたの」

その子《こ》は、はっきりした声《こえ》で話《はな》しました。和也《かずや》は、薄《うす》がけから片目《かため》だけのぞかせて、はいってきた子《こ》を見《み》ました。あの女《おんな》の子《こ》です。お不動《ふどう》さまで鐘《かね》の音《ね》がなりひびいたとき、歩《ある》いてきた子です。

やっぱり着《き》ているものは、かすりの着物《きもの》です。おしりからひざのところがふくらんだズボンをはいています。頭《あたま》には頭巾《ずきん》をかぶっています。なんだかフサばあちゃんに、にているような気《き》がしました。

和也《かずや》は顔《かお》を出しました。浩平《こうへい》もいつのまにか首《くび》を出《だ》していました。

「なんだか、よく分《わ》からないなあ。墨《すみ》をぬったのは、フサばあちゃんだろう」

和也《かずや》が言《い》いました。

「そうじゃないの、だってあたしフサなんだもん」

「え、そんなのおかしいよ。フサばあちゃんは、となりの部屋《へや》で寝《ね》ているのに」

浩平《こうへい》は、信《しん》じられないというように言《い》いました。そして、布団《ふとん》の上にすわりこみました。

和也《かずや》も起《お》きあがりました。

「ふしぎに思《おも》うかも知《し》れないけど、子《こ》どもと大人《おとな》は住《す》むところが違《ちが》うの。あたしは、子《こ》どもの国《くに》にいるわ。いつからだか分《わ》からないけど、大人《おとな》になると、

子《こ》どものころのことは、あんまりおぼえていないみたいよ」

「じゃ、ぼくたちも今《いま》に、子《こ》どもの国《くに》に行《い》くのかなあ」

二人《ふたり》は顔《かお》を見合《みあ》わせました。

「ところで、墨《すみ》をぬらなかったって、ほんとう?」

「そうよ、あたしは教科書《きょうかしょ》に墨《すみ》をぬりたくなかったの。だって、天皇《てんのう》のために死《し》ぬのは、りっぱなことだって教《おし》えられてきたのに、墨《すみ》をぬったって、すぐに、それはまちがいだったなんて思《おも》えるかな。思《おも》えないよね」

「そうだろうね、きっと」

浩平《こうへい》がうなずきました。

「墨《すみ》なんかぬるもんかと思《おも》って、教科書《きょうかしょ》も開《ひら》かないでいたら、先生《せんせい》が真《ま》っ赤《か》な顔《かお》をして怒《おこ》ったの」

「ひっぱたかれた?」

和也《かずや》が聞《き》きました。

「ううんそんなことはしない。今《いま》まで教《おし》えていたことは間違《まちが》いでしたって、墨《すみ》をぬらせていたんだもん」

フサちゃんは続《つづ》けました。

「その日《ひ》は、先生《せんせい》が、あたしの教科書《きょうかしょ》に墨《すみ》をぬったのよ」

そう言《い》うとフサちゃんは、いつのまにか消《き》えてしまいました。それといっしょに、障子《しょうじ》も閉《し》まって暗《くら》くなりました。

和也《かずや》はしばらく夢《ゆめ》をみているみたいでした。浩平《こうへい》が言《い》いました。

「お兄《にい》ちゃんあの子《こ》だよ。お不動《ふどう》さまにいたとき歩《ある》いてきた」

「うん、それが子《こ》どもの時《とき》のフサばあちゃんだったなんて」

八、虹《にじ》

田舎《いなか》のうちの人は、早起《はやお》きです。父《とう》さんも母《かあ》さんも、もう起《お》きていました。

朝《あさ》ごはんも、すましたようです。

「朝《あさ》ごはん、食《た》べなね」

フサばあちゃんが言《い》いました。

「おばあちゃん、きのうの夜中《よなか》にね、女《おんな》の子《こ》が入《はい》ってきたんだよ」

和也《かずや》が言《い》うと、

「おばあちゃんが子《こ》どもの時《とき》の、フサちゃんなんだって」

浩平《こうへい》も言《い》いました。

「なに、おかしなこというんだか」

フサばあちゃんがあきれ顔《がお》で言《い》いました。

「それなら信《しん》じなくてもいいよ。ぼくたちもふしぎでしょうがないんだから」

「そんなつまらないこと言《い》ってないで、お盆《ぼん》さまを送《おく》る手伝《てつだ》いでもしなね。あそうだ、裏《うら》に行って里芋《さといも》の葉《は》を取《と》っておいで。なるべく大きいのをえらんでよ」

フサばあちゃんが、そう言《い》いました。お盆《ぼん》のいちばん終《お》わりの日《ひ》は、送《おく》り盆《ぼん》と言《い》って、ご先祖《せんぞ》さまがあの世《よ》に帰《かえ》る日《ひ》です。

この日《ひ》は、お盆《ぼん》のかざりをかたづけます。そして、おそなえものや笹《ささ》の枝《えだ》を大《おお》きな里芋《さといも》の葉《は》にくるんで、川《かわ》に運《はこ》ぶのです。ご先祖《せんぞ》さまがくるとき乗《の》ってきた、わりばしの足《あし》をつけたキュウリやナスも一緒《いっしょ》です。それをみんな燃《も》やして、ご先祖《せんぞ》さまを天国《てんごく》にかえすのだそうです。

送《おく》り盆《ぼん》をするお昼《ひる》すぎには、真《ま》っ青《さお》な夏《なつ》の空《そら》が広《ひろ》がって、ギラギラと太陽《たいよう》が照《て》りつけていました。

「今日《きょう》は、ひでえ暑《あつ》さだがね」

おじいちゃんが、汗《あせ》をふきながら言《い》いました。川《かわ》のほとりで、おじいちゃんが火《ひ》をつけようとしていたときでした。お不動《ふどう》さまの鐘《かね》が、

ボオーン

と、なりました。

「いまごろ、だれが鐘《かね》ついてるんだんべ?」

おじいちゃんが、つぶやきました。

「きっと、フサちゃんだよね」

浩平《こうへい》が、和也《かずや》の耳《みみ》に口《くち》をよせて、ささやきました。和也《かずや》はうなずきました。

おじいちゃんのつけた送《おく》り火《び》は、しだいにいきおいよく燃《も》え始《はじ》めました。そのときです。

ゴロゴロ

今《いま》まで晴《は》れわたっていた山《やま》のてっぺんから、かみなり雲《ぐも》がむくむくと出《で》て

きました。

「こりゃあ、ひと雨《あめ》くるがね」

おばあちゃんが、空《そら》を見上《みあ》げながら言《い》ったとき、突風《とっぷう》が吹《ふ》きました。

「あっ」

墨《すみ》ぬり教科書《きょうかしょ》は、和也《かずや》の手《て》からはなれて、空《そら》にまいあがりました。そして見《み》えなくなってしまいました。

「早《はや》く、雨《あめ》のかからないところに！」

みんな橋《はし》の下《した》ににげこみました。川《かわ》にかかっている橋《はし》は、いなかにはめずらくがっしりとしています。

短《みじか》い時間《じかん》でしたが、話《はな》し声《ごえ》も聞《き》こえないほどの雨《あめ》でした。川《かわ》は、急《きゅう》に水《みず》がふえていきおいよく流《なが》れました。

「浩平《こうへい》、虹《にじ》だよ。きれいだなあ」

雨《あめ》あがりの空《そら》にかかった虹《にじ》が、くっきりと見《み》えました。

「ほら、フサちゃんが」

浩平《こうへい》がゆびさしました。フサちゃんが虹《にじ》の橋《はし》をわたっていきます。

虹《にじ》は、すこしずつうすくなっていきました。

あとがき

人間は、どうして戦争をするのでしょうか。戦争をすることは、どんな大義名分があるとしても罪悪です。

戦争は弱い人、貧しい人々を殺し傷つけるからです。

最近の戦争でいえば、イラクの両腕をなくした少女の映像が物語っています。一人の少女のかげには、何千人もの負傷者と、命を奪われた人々がいるのです。そして戦争が終わったと言いながら、クラスター爆弾をおとされたイラクでは、今なお傷ついている人がいます。

太平洋戦争の時、私は小学生でした。小学校が国民学校とよばれるようになったときから、教科書は軍国主義一色になりました。天皇のために命を捨てた人々の話が、軍神として、教科書に多くとりあげられました。

天皇の神格化。軍隊式の教育。少国民としての自覚。命を惜しまない教育。が、私たちに徹底して教えられました。知らず知らずのうちに、私たちは軍国少女に育てられていきました。

大本営発表の嘘も、見抜けませんでした。兵隊になる人がいなくなって、学徒出陣が行われても、少年兵の志願年齢が十四歳にまで引き下げられても、日本は勝つと思っていました。

原爆が落とされても、私の〝一億玉砕〟の思想は、変わりませんでした。敗戦の玉音放送を聞いた十四歳の少女は、「先生、殺してください！」と叫んだといいます。

戦後、私は教科書に墨を塗ることに、抵抗を感じていました。軍国主義の教育で、私の頭は洗脳されていたのでしょう。今でも、天皇に何かがあると宮城の前で手をあわせている人がいると聞きます。

幸せなことに、私の頭は幼くやわらかかったので、新しい考え方を受け入れるのに時間はかかりませんでした。

そして、正しいことは何か、自分で見極めることもできるようになりました。

世界でたったひとつの《平和憲法》を持つ国でありながら、現在の日本は、私の小学校時代によく似た社会になっていくように思えてなりません。みなさんと、お父さんお母さんに、そのことを分かっていただきたくて、この絵本を書きました。

さいごに、この絵本を出版するために、ご指導ご協力くださった、本の泉社の比留川社長さんと社員のみなさんに、厚くお礼申し上げます。

また、私のイメージどおりの絵を描いてくださった田代千津子さんに、お礼申し上げます。

石川久美子

◎なお、文中に引用した国民学校の教科書『ヨイコドモ』の「サイケイレイ」は、旧かなづかいを、今使っているかなづかいに直してあります。

●この本の文をかいた人

石川久美子（いしかわ・くみこ）

1933年、東京に生まれる。国民学校５年生だった44年８月、静岡県土肥町に学童疎開。翌年、青森県弘前市に再疎開し、敗戦を迎える。56年に大学卒業。以後84年までに小学校教員を務める。

学童疎開体験を綴った「はらぺこものがたり」を月刊誌『がくゆう』の懸賞募集に応募し、入賞。同誌に連載ののち麦の芽出版より刊行される。

「おばあちゃんのパジャマはピンク色」が『児童文学』に推薦され、同誌に掲載される。

「みいちゃんと、いっしょ」がラジオ番組（カネボウミセス童話）にて放送される。

「アキちゃん、ふたり」を99年光陽出版社より刊行。

歌をうたうことが大好き。趣味はコーラスと水泳。

●この本の絵をかいた人

田代千津子（たしろ・ちづこ）

1945年、神奈川県生まれ。東京で育つ。主な作品に、「はらぺこものがたり」（麦の芽出版）、「事件屋ミノルがやってきた」Ⅰ・Ⅱ（旺文社）、「ぼくのわく星かんらん車」（大日本図書）、「アキちゃん、ふたり」（光陽出版社）
児童出版美術家連盟所属。
山野草が大好き。趣味は散歩。

フサちゃんの教科書《きょうかしょ》

2003年７月15日

著　者　　文・石川久美子《いしかわくみこ》　　絵・田代千津子《たしろちづこ》
発行者　　比留川　洋
発行所　　株式会社　本の泉社
〒113-0033　東京都文京区本郷2-25-6
電話 03-5800-8494　FAX 03-5800-5353
http://www.honnoizumi.co.jp
印　刷　　昭和情報プロセス株式会社

ISBN4-88023-806-6　C8093